LE POT POURRY.

SECONDE BROCHURE.

CONTENANT

L'APOLOGIE

DU PHILOSOPHE MARIE',

COMEDIE NOUVELLE

Par M. NERICAULT DESTOUCHES
de l'Academie Françoise.

Le prix est de six sols.

A PARIS,

Chez { JEAN-FRANÇOIS TABARIE,
Libraire, Quay de Conti,
près la ruë Guenegaud.
la Veuve GUILLEAUME, ruë
de Hurepoix, à l'entrée
du Pont S. Michel.

M. DCCXXVII.

AVEC PERMISSION.

LE

POT POURRY.

QUOIQUE je ne sçache pas encore si le dessein que j'ai formé de donner toutes les semaines au Public une Brochure de ma façon, a pû mériter son suffrage, j'aime mieux risquer encore celle-ci que manquer à ma parole : Voici pour m'en acquitter une Apologie de la nouvelle Comedie du PHILOSOPHE MARIE' de Monsieur Destouches, en forme de Lettre. Peut-être l'avantage de la nouveauté pourra lui tenir lieu de mérite, & dédommager ma belle Liseuse de la variété qu'elle comptoit trouver dans cette Brochure.

A ij

APOLOGIE

DU PHILOSOPHE MARIE',

COMEDIE NOUVELLE.

Par M. NERICAULT DESTOUCHES
de l'Academie Françoise.

MONSIEUR,

Je reçois toûjours avec un extrême plaisir les Lettres par lesquelles vous voulez bien me faire part des nouveautez qui paroissent sur les Theatres de Paris. Le détail que j'ai trouvé dans vôtre derniere du PHILOSOPHE MARIE' de Monsieur Destouches, m'a fait d'autant plus de plaisir, qu'il m'a confirmé dans l'idée que sa réputation m'en avoit donnée. Un concours & un empressement général, des applaudissemens & des éloges unanimes, des paralléles injurieux aux plus belles Pieces de Messieurs Moliere & Renard, & de Monsieur Destouches lui-même ; enfin le silence des Critiques les plus déterminez, forcez par la perfection de l'Ouvrage à joindre leur admiration à celle du Public, tant de témoignages authentiques du mérite prodigieux de cette Piece, m'avoient déja inspiré pour elle des sentimens proportionnez à son succès; mais votre extrait m'en a fait concevoir une idée bien supérieure à celle que j'avois toujours crû qu'on devoit avoir des meilleurs Ouvrages dramatiques; j'ai déferé sans peine à ceux qui la vouloient faire passer pour une huitiéme Merveille, & je vous avoüe avec sincérité, que les Réflexions critiques par lesquelles vous avez fini votre Lettre, & que vous m'avez sans doute envoyées pour m'éprouver, n'ont pas été capables de me faire balancer un moment sur le parti que j'avois à prendre, quoique je sois persuadé que votre façon de penser soit bien différente de celle que vous me marquez dans l'endroit de votre Lettre où vous vous égayez sur les défauts prétendus de la nouvelle Comedie. Permettez-moi de vous reprocher d'avoir employé cette ruse pour décider de la justesse de mon esprit, & souffrez que je me venge de vous, en répondant à vos Critiques, non pour vous faire revenir d'une erreur où je sçai que vous n'êtes pas, mais pour vous empêcher de croire

que j'aye pû donner dans un piége si fa-
cile à éviter.

Commencez donc, s'il vous plaît, par
convenir avec moi que les termes dont
vous vous servez sont trop injurieux à ce
nouveau Chef-d'œuvre, pour ne pas faire
d'abord entrevoir le but que vous avez
en le critiquant. Quand même je connoî-
trois moins votre bon goût, pourrois-je
vous soupçonner d'avoir eu sérieusement
dessein d'engager quelqu'un dans des sentimens si bizares ?

Cette Piece si vantée, dites-vous, *n'est
qu'une intrigue mal concertée, une esquisse
grossiere d'un tableau vicieux, une copie in-
forme de ces excellens modéles sur la ruine
desquels on ose l'élever.* Sont-ce-là les termes dont il convient de se servir ? Auriez-
vous pû penser que les Partisans de cette
Piece eussent entrepris de l'élever sur la
ruine des excellens Modéles que Monsieur Destouches a suivis ? Ses véritables
Amis n'auroient-ils pas eu plus d'indul-
gence pour des Chefs-d'œuvres ausquels
ce célébre Auteur a rendu plus de justice,
puisque le soin qu'il a pris de s'imiter lui-
même, prouve assez qu'il les confond
avec les siens, & qu'il ne dédaigne pas
de se mettre au niveau de leurs Auteurs ?

En effet, s'il est redevable au Misan-

trope de Moliere des admirables Caractères qu'il a rendus avec tant d'art dans
sa nouvelle Comedie, ses propres Ouvrages lui ont fourni celui de son Finan-
cier, qui n'est pas assûrément le moins
marqué, & qui doit lui faire d'autant
plus d'honneur, qu'il est plus ressemblant
à son Modéle, que ceux que le Misantrope lui a fournis. Il est aisé de donner
la raison de la supériorité de ce Caractère.
Pour le mettre dans tout son jour, Monsieur Destouches n'a pas eu besoin de
rien changer à son Modéle ; il lui auroit
fallu bien du malheur pour faire une Copie vicieuse d'un excellent Original ; mais
pour donner aux Portraits de Moliere un
jour qui les pût faire valoir, il falloit les
faire changer entiérement de face, re-
toucher à tout, & ne rien conserver qui
pût faire grimacer les Figures, & leur
faire perdre de leur prix.

C'est ce que Monsieur Destouches a
merveilleusement exécuté dans son Ouvrage, non qu'il se soit senti incapable
d'inventer par lui-même des Caractères
neufs & frappez, mais pour faire mieux
sentir au Public le prix de ses Chefs-d'œuvres, par le contraste des esquisses de
Moliere. En effet, quelle différence entre
un Misantrope sans mœurs, & un vrai

Philofophe, dont la fageſſe qui lui ſert de guide, n’eſt point enflée d’un ſot orgüeil, point arrêtée par de vains diſcours, point incertaine dans ſes démarches, point ébranlée par l’adverſité, point avilie par les bas détails, point ſujette au caprice & à la colere, point injuſte dans ſes ſoupçons, point effrayée d’un leger malheur ?

Car voilà le Philofophe de Monſieur Deſtouches : rien ne ſe dément en lui, toutes ſes actions confirment dans la bonne opinion qu’il donne de ſa douceur, de ſon activité, de ſa conſtance, de ſa grandeur d’ame, de ſon égalité, de ſa juſteſſe d’eſprit, & ſur tout de ſa fermeté.

S’il méprife le Sexe, & s’il déclame contre le Mariage, ce n’eſt point faute de délicateſſe, ou par une vanité injuſte ; c’eſt parce qu’il a de grands ſujets de s’en plaindre, dont il a ſoin de nous rendre un compte fort exact.

Si l’Hymen l’engage enſuite dans ſes nœuds, ce n’eſt point du tout par caprice, & ſans des réflexions ſolides, & de ſages précautions. Un Pere qu’il aime, qu’il reſpecte, & dont la bonté, la tendreſſe & la reconnoiſſance lui font acquiſes, n’eſt point Partie capable d’entrer dans

un secret de cette importance ; un dépôt
si précieux ne doit être confié qu'à des
Personnes sûres , & d'un Sexe dont il
prise sur tout la discrétion.

S'il se passe aisément du consentement
de son Pere, ce n'est pas qu'il ignore le
respect qui lui est dû ; mais il lui fait du
bien, il soulage sa misere ; n'est-ce pas
faire beaucoup plus qu'il ne doit ? & ses
présens ne l'acquittent-ils pas entiérement
envers lui ? Quel besoin du consentement
paternel pour un Mariage avantageux
qui procure au Fils une fortune seule capable de rendre la vieillesse du Pere heu-
reuse ?

Mais quand la Fille ne seroit pas riche,
elle est jolie ; n'en voilà-t'il pas plus qu'il
ne faut pour ne pas consulter ? L'Amour
l'ordonne ; cela n'est-il pas décisif ?

D'ailleurs est-il question d'autre chose
que de l'intention ? Ne sçait-on pas que
le Pere est un Esprit bien fait qui ne s'op-
posera à rien , & qui pensera sur cette
affaire aussi solidement qu'Ariste lui-même ? Quel besoin d'une formalité ridi-
cule ? Après tout, quand ce Pere seroit
assez aveugle pour ne pas prêter les mains
à un Mariage qui lui est à lui-même si
avantageux, que pourroit-il faire ? Dés-
hériter son Fils ? A-t'on cela à craindre ?

Attend-on quelque chofe de lui ? Il feroit beau voir un Pere fans bien, trouver à redire aux actions d'un Fils fi fage.

Si Arifte veut tenir fon Mariage caché, & craint plus que la mort que ce fecret foit découvert, ce n'eft point par une terreur panique, ou par un faux point d'honneur ; quoiqu'on en dife, il a de bons motifs qu'il n'eft pas néceffaire que nous fçachions ; la crainte d'être déshérité de fon Oncle fert feulement de prétexte à fa véritable crainte ; croyez que ce n'eft point l'avarice qui le guide, encore moins un foible indigne d'un Philofophe qui fçait fi bien fe mettre au-deffus des foibleffes dont les autres hommes font efclaves.

Mais je veux bien mettre les chofes au pis ; quand même la malignité du Siecle, & la crainte des railleries feroient en effet la caufe de fes inquiétudes, comme vous le lui reprochez, en feroient-elles moins bien fondées ? Voulez-vous qu'il aille faire dire dans le monde qu'il eft le Mari d'une Femme de mérite, qu'il s'expofe à une honte pareille à celle-là, pour procurer à Madame la fatisfaction de n'être point fans ceffe obfédée par un Amant dangereux, qui livre tous les jours de rudes combats à fa vertu ? Voilà un

beau motif pour déranger un fyftême
auffi fage que celui de notre Philofophe ;
Monfieur Destouches auroit eu bonne
grace à lui faire démentir ainfi fon Caractère ; ç'eût été pour lors que fa Belle-
fœur auroit eu raifon de le traiter de fot.
Aller révéler un fecret dont on craint
l'éclat plus que la mort même, *avancer
fon heure* par complaifance, & par complaifance pour une Femme ; ç'eût été une
jolie matiere de fatire contre un Homme
qui a toujours afpiré avec tant de fuccès à
n'avoir point lieu de la craindre.

*Mais, me dites-vous, comment excufer
ces impatiences, ces fureurs, ces délires,
ces brufqueries, & ces injures groffieres
qu'il ofe dire à fes Amis, à fa Femme même,
& à un Sexe refpectable ?* Il faut en vérité,
Monfieur, que l'envie de m'éprouver
vous ait emporté bien loin de vous-
même, pour vous avoir fait donner de
pareils noms à la noble vivacité, & à la
fincérité même ; quoi que vous en difiez,
je ne foupçonne point que vous ayez pû
vous y méprendre ; Arifte n'eft point un
bouru, c'eft un Homme aifé, fans façon,
dont les manieres nous rappellent les
Mœurs du Siecle d'Or, & qui n'a jamais
employé le langage odieux que la diffi-
mulation a fait paffer parmi nous pour le

langage poli ; tout ce qui approche de ce vice fait horreur à notre Sage, & les difcours qu'il tient depuis le commencement de la Piece jufqu'à la fin, en font une preuve bien convaincante. Un Philofophe qui ne veut parler que par fes actions, n'eft pas afsûrément capable d'en vouloir impofer par fes paroles. Que les hommes feroient eftimables, s'ils profitoient du bel exemple d'Arifte, pour ne faire jamais rien dont ils ne vouluffent bien que tout le monde fût inftruit !

Si je croyois votre Critique ferieufe, j'aurois encore beaucoup de chofes à vous dire pour la juftification de cet admirable Caractère, je vous ferois voir avec quel art Monfieur Deftouches non content de le peindre avec les plus vives couleurs dans le cours de la Piece, amene infenfiblement par une tranfition heureufe, un Portrait du vrai Philofophe, dont chaque trait rend celui qui fe peint lui même, & fait remarquer la perfection de l'Original par la jufteffe de la Copie ; je vous ferois convenir de la noble modeftie avec laquelle Arifte convient qu'il n'eft pas reffemblant au Portrait qu'il vient de faire, malgré là juftice que tous les gens fenfez lui rendent à cet égard : Enfin je rendrois aifément à ce Chef-

d'œuvre

d'œuvre tout le lustre que vous auriez
voulu lui ôter; mais la justesse de votre
esprit me dispense d'en dire davantage,
& ceci suffira pour vous faire connoître
que je n'ai eu garde d'être la dupe du tour
que vous m'avez voulu joüer.

Ce que vous me mandez au sujet des
autres Personnages, n'a pas un meilleur
fondement; vous accusez en vain Melite
*de n'avoir point de Caractère fixe, d'être
tantôt folle, tantôt sage, quelquefois com-
plaisante pour son Epoux, quelquefois peu
soigneuse de lui plaire, orgüeilleuse, abso-
luë, emportée, & aussi commère que sa
Sœur;* vous voulez en vain prouver que
la Capricieuse *sort du naturel & des bien-
séances;* que Damon *est plus fou qu'elle,
puisqu'il peut se résoudre à l'épouser;* que
le Marquis du Lauret *qu'on ne sçauroit
définir, mérite encore mieux le nom de Sage
que celui même qu'on nous donne pour tel;*
& qu'enfin le Pere d'Ariste *est un Bon-
homme dont l'honneur n'éclate que par les
insultes qu'il fait à son Frere;* tous ces re-
proches n'ont pas le moindre fondement,
& tombent d'eux mêmes: ainsi je n'en en-
treprendrai pas de les détruire. Une autre
fois quand vous voudrez me faire tomber
dans le piége, ayez soin de le mieux ca-
cher; sinon vous pourriez bien vous atti-

rer encore des réponſes auſſi ennuyeuſes
que celles-ci ; car je ne doute point que
la longueur de cette Lettre ne vous ait
déja mis de mauvaiſe humeur. Il n'eſt pas
étonnant qu'on ennuye en prouvant des
choſes plus claires que le jour, telles que
les véritez que j'avance en faveur de la
nouvelle Comedie ; une mauvaiſe Cauſe
bien ſoutenuë auroit pû me faire briller
davantage , mais elle auroit fait moins
d'honneur à mon jugement. Ainſi par-
donnez-moi votre ennui , & ne vous en
prenez qu'à vous-même. Je ſuis très-
ſerieuſement ,

MONSIEUR,

> Votre très-humble & très obéïſſant
> Serviteur * * *.

Voilà , belle Liſeuſe , tout ce que j'ai à
vous donner pour cette fois ; cela me pa-
roît bien raiſonnable , & vous devez vous
en contenter ; ſinon vous pouvez m'adreſ-
ſer hardiment vos plaintes chez mon Libraire , j'eſpére que vous ne vous plain-
drez pas du moins de ma docilité.

Fin de ce P o t P o u r r y , mais non pas du déſir
De me procurer le plaiſir

De vous en dire davantage ,

Quand on a le bonheur de vous entretenir ,

En travaillant à quelqu'Ouvrage ,

On voudroit ne jamais finir.

TABLE DES MATIERES

Contenuës en cette seconde Brochure.

Fin de la Table des Matieres.

APPROBATION.

JE fouffigné, Maître ès Arts en l'Univerſité de Paris, ai lû par ordre de Monſieur le Lieutenant Général de Police un Manuſcrit qui a pour titre : *Le Pot Pourry, ſeconde Brochure*; dont on peut permettre l'impreſſion. A Paris ce 21. Mars 1727.

PASSART.

PERMISSION.

VEU l'Approbation, permis d'imprimer & débiter. Ce 21. Mars 1727.
HERAULT.

Regiſtré ſur le Livre de la Communauté des Libraires & Imprimeurs de Paris, n°. 1524. conformément aux Reglemens, & notamment à l'Arrêt de la Cour du Parlement du 3. Decembre 1705. A Paris le vingt-ſixiéme Mars mil ſept cens vingt-ſept.
BRUNET Syndic.